歌集

水廊

大辻隆弘

第一歌集文庫
GENDAI
TANKASHA

目次

I

(1988)

冬のみぎは

港湾のゆらめきやまぬかがやきに鳥落つるまでたたずむひとり

癒えゆくにあらねど冬のひかり降る埠頭にこころあそばせてゐつ

点描の絵画のなかに立つごとく海のひかりに照らされてをり

冬の日のみぎはに立てばtoo late, It's too lateとささやく波は

海からの風ゆたかなる突堤にかの日軽羅のイヴを立たしめ

海なりはわがブルースと書きし日のあをき陽ざしの屈折率よ

鯨啼くみどりの海のやさしさにぼんやりとして目を閉ぢてゐる

ゼフュロス——春の風

雪が雨にかはる夕べは傷ついた緑の犀《さい》のねむりをぼくに

夕ぐれの我《あ》に流露せるかなしみといはばいふべく弥生あは雪

サルバドール・ダリ晩年の淡さかな　窓辺の椅子にひと日は暮れて

たそがれのルイ王室をひたす弦　たそがれゆゑにわれは恋ほしゑ

校庭に倒れたままの自転車をはつかに濡らす夜のあは雪

反論をさくらめーるで届け来る魚座生まれのアバウトな奴

雪の夜に食べる動物ビスケット　やる気もなんにもないんだ今夜

白鯨を描《ゑが》きしころのメルヴィルは世紀末的蜜を知らずき

幼帝の手にやはらかく握られし世紀初頭のこほろぎいづこ

ぼくは君を、象が踏んでもこはれないアーム筆入れ、ふふふ好きだよ

指からめあふとき風の谿《たに》は見ゆ　ひざのちからを抜いてごらんよ

〈脱〉といふ接頭助辞の手がるさや　エクリチュールは夜半越えしどろ

ゼフュロスは雨をたづさへ街路樹とわれらを濡らす、別れを言はう

雨のかぼそさ

樹を濡らし、夜の鳥たちの巣を濡らす雨のかぼそさ　春のさきぶれ

みづぎはに立つみづどりの息の緒のかぼそくあはく日々を継ぎつつ

棄私といふ思想におろか殉《したが》ひてあり経し一日ひと日なにゆゑ

北空は寒きかげりを帯びながらいざなふごとしわれと一羽を

宿酔《しゆくすい》に汚《けが》れゐるわがししむらをあざわらひつつ鳥ごゑ渡る

祭日の午後の画面に立つ馬の四肢しんかんと輝《て》るさびしさは

『夜と霧』読み終へし日のわれの目は太初に似たる闇をのぞきき

うれひつつ日々ありふれば木蓮の花のをはりも見ずて過ぎにき

かがやき無尽

朝あさにわがくぐりゆく花かげの手足透きくるまでに青きを

さゐさゐと風に吹かれてゐしものの鳥瞰恋ほし夜半に思へば

はつなつの風はしりゆく水の辺のみづどりの目を、歌へ滑川

あかねさす真昼間父と見つめゐる青葉わか葉のかがやき無尽

十代の我《あ》に見えざりしものなべて優しからむか　闇洗ふ雨

ニシモトの降板までを見し父はああ、と嘆きて眠りけるかも

トーキョーが俺の短歌をばかにする　春夜ゆゑなき憤りはや

日曜をつぶして書きし文章の完膚なきまでたたかれあはれ

眠りはわが巣

疾風にみどりみだるれ若き日はやすらかに過ぐ思ひゐしより

あぢさゐにさびしき紺をそそぎゐる直立の雨、そのかぐはしさ

遠き日のことなりしかど我《あ》を抱きて返せ返せとわめきし父は

山羊小屋に山羊の瞳のひそけきを我《あ》に見せしめし若き父はや

自転車を盗みし父のあとを追ふ　かのかなしみは我《あ》に帰り来ず

僧院のをぐらき廊をぬらしゐる中世の雪、豊かなりけむ

午後五時のわれは汚《よご》れてしどろなる水の睡《ねむ》りのほとりを歩む

ひそやかに樹界うるほふ霧の夜を眠らな　深き眠りはわが巣

朱夏、麦に揺るるひかりを「存在の肌理《きめ》」としメルロ・ポンティー言ひき

恋してしまふ

ドリブルの音の絶えたる真昼間はふかぶかと夏を待つ体育館

くさいろの傘もつきみの肩は濡れ夕べは海のごとき校庭

つまさきで立つとき緊まるふくらはぎ　セブンティーンに恋してしまふ

夕かぎるアリナミンVドリンクに立てよ立てよ、とはげまされゐつ

アテーネの怒りをしづかならしめき　かつて翼を持ちて言葉は

ノルマンの瞳にうつる北冥を思ひみをれど思ひみがたし

初夜《そや》すぎてつかのまこゑは喜べり　人称のなき不意打ちの声

匂ひなきねむりの底に雨は降る　ばらの指刺すあかつきの雨

夕空にただよふパンを描《ゑが》きたるルネ・マグリット　黄金《きん》のたいくつ

敵地

茫々とうつつ深みてゆく日々や　けさ会ひ得たる今年《こぞ》のつばくろ

青嵐ゆふあらし過ぎ街路樹にわが歌ひ得ぬものらはさやぐ

かなかなの啼くこころざし　たとふれば我《あ》を生《な》しし日の父のくやしさ

あさかげの今井美樹的東京を数度《すたび》おとなひ数たび憎みき

東京を敵地とぞ思ひ来しことのあはあはとして中野梅雨寒

阿木津英、中野うらまち豚足のあまやかさこそ泣かまほしけれ

春、三鷹下連雀のまどひかな　我《あ》をみちびきし繊《ほそ》き雨傘

神々がそそぐ眠りを容《い》れながら昼しとどなる瑠璃の碗《かひ》われ

ししむらは物象ゆゑにおろかしと青にび色のあさかげにゐつ

夜半《やはん》、ビル・エバンスの音に添ひながら白きただむき少女我《あ》に来よ

樹が言ふ

朝の樹にきらめき返す水の襞《ひだ》　うつむいたまま夏が終るよ

玻璃ごしに音なく揺るる樹々は見ゆ　失ひしもののかがやき静か

ゆふがほは寂《しづ》けき白をほどきゐつ夕闇緊むるそのひとところ

かなたよりスカボロー・フェア聞こえ来つ　やさしい人と呼ばるる夕べ

目とづれば夕庭ぬらす雨音に奥行きありてまどろむわれは

おそなつの影あはき街あゆむときもつと優しくなれ、と樹が言ふ

生きかたを変へてみようと思ふんだ　カリカリピザをかじりあつたり

さんざめくonのひと日はつらいけどとりあへず秋、瞳あぐれば

水のゆらぎ

三文字の苗字で君を呼びながら長くひとりの愛を保ちき

目に見ゆるなべてが淡き影曳く日　汝が北辺の街をよぎりつ

二十代晩期に会ひ得たる恋の水のゆらぎのごときしづけさ

やがてわが街をぬらさむ夜の雨を受話器の底の声は告げゐる

十月のやさしき雨にぬれたまま君が気づいてくれるまで待つ

踏切の向かう灯火にてらされて異界をぬらすごとき夜の雨

夜の指とゆびさぐりあふ　天皇の延命策のごとくひそけく

シグナルを待つ交差点　真夜中の風にふたりの耳は研がれて

金曜日

はなつからやる気などない金曜をルビ、ルビ、ルビイと歌へといふか

〈小池さん、　日々のあなたの苦しみは晩《おそ》く生《な》したる我《あ》を抱く父の……〉

一冊の歌集がその名しるすゆゑ佐野朋子とふをとめごあはれ

立つたままもの噛むくせは父ゆづり　酔ひつつふかくぐもる声も

父はつねちやぶ台を蹴るものにして星一徹のその名もはかな

制帽を目深《まぶ》かにかぶり父は見きロロブリジータの乳房のありか

周縁を指でたどれば淡青にまなこ慣れゆく　つかのまののち

ライトから見る本塁はかがやいてレギュラーになれなかつた夏の日

デカルトの蜜

生卵カレーに落とし食ふわれをコンサバティーフと呼ぶ声しきり

小官吏風手かばんを抱きながら父たる愚者は繭をあきなへ

幹つたふ樹液はひかり曳くゆゑに樹のかなしみはひとの悲しみ

ガウディーの形態《かたち》にひかれゆくまでに心ほとほと弱りてありつ

彩《さい》あはき夕まぐれ来て触りあふ樹のうちの闇・樹をつつむ闇

樹と女《ひと》を接喩でつなぎ寝ねむとす　目とづれば濃く闇はにほへど

存在をもてあそびゐるデカルトの掌《て》にとろけたる蜜蠟はかな

ブキッシュに、ディレッタントに語彙を追ふさびさびとわがわざの寂《しづ》けさ

Ⅱ

（1987）

ばさら

目くるめく陽ざしの渦に耐へざれば花たづさへて行く冬の坂

よれよれの感情の水脈ひきながら光あまねき午後を耐へをり

わが視野のうちに非在の羽ばたきを残して鳥の影遠ざかる

ことごとく灯ともす巷　襟立ててばさら、ばさらと歌ひつつ過ぐ

錘形をあやふくたもつ樹のそよぎ樹のしづもりを闇に聴きゐる

あはき香の腕ひきよせて眸《まみ》とづる　夜の白鳥の羽根たたむごと

舌先をからめあはむとする夢にいましばしゐむ雨を聴きつつ

青銅のトルソのやうな君を置くうつつの右にゆめのひだりに

性ゆゑに来たれる悲苦とおもふとき静けき朝のこもり沼《ぬ》われは

メタファーとして

あはあはとせる愛慕などだれが請ふ　テトラポッドの底の潮騒

メタファーとして政治的語彙を持つ俺といふ幹、さはれ騒《さや》がむ

ゆふぐれは鋭き風に狂はざる樹々のしじまのなかを眠らむ

夜の霧は叛意のごとく降《くだ》りきて一樹をつつむまぎれざるべし

街灯に照らしださるる枝《え》と闇のしどけなきまで溶けあひながら

淡青の夜半なりしかば水底に砂降るごとく眠りに落つる

出生はポリオの影に覆はれてイズムぎらひのやさしさごつこ

陰影と水

一対の翼は雨を打ちながら北指すものの陰影と水

宗教につけこまれゐる脆弱を見をりトリュフといふを喰みつつ

告白はとどかざるゆゑ錘鉛をおろすがごとく澄みゆく愛は

永遠《とは》にふりむかざるごときその肩へアガペに近き思慕をささげて

ぢりぢりと遅れはじむるランナーの背後距形の白き街みゆ

ジュ・テイムとささやくジャンヌ・モローゐて紫《し》の月曜にいざなはれゆく

はなやかに国歌をかなで終へしあと清らに闇を照らすテレビは

芽ぶかむとする内圧に耐へをれば樹々はたたずむ女《ひと》のごとしも

きさらぎの木末《こぬれ》ぬらして降る雪のひそけさゆゑに触れ得ざる肩

風の中の脚

ひそやかにゴールポストを濡らす雪　あこがれは今朝つばさをひろげ

宰相にとどめを刺さぬ野党かな　耳かむ夜半のやさしさに似て

潮騒はあざわらへども早咲きの花に会はむとみなみに下る

思潮にはかかはりあらぬ政争のほどろほどろと春に入りゆく

海峡の風にめくれる群《むら》どりや　なげうつ細き淡黄の脚

権勢におもねるごとく靡く樹々　堕《お》ちゆくはかく甘かるものを

きはやかに貧の覆へる伊予を来て花のはじめの雨に会ひたる

木蓮の花たけなむとする朝を限りも知らに落ちゆくドルは

キャーな教師

はつかなる紅をはらみて緊まる雲　キャーな教師としてぞ一日

花びらはくちびるに触れ落ちゆくを　樹に寄りそへば樹の冷やかさ

右頬をわが少年に打たしめてこのままひざまづかば良けむに

花騒《はなさゐ》をくぐりぬけゆくわれの背に打ちおろさるる天の笞《しもと》は

典雅なる朝は来たりてひるがへる少女らの声・樹をわたる風

喝采はみじかく終り勝ち得たる者こそしんにさぶしかりけれ

労働のシジフォスとして立ちをれば黄金《きん》のひかりをこぼす青麦

かすかな浮力

仕組まれた自由と知らぬ少年が鉄棒に弧を描きつづける

ブルマーの足はひかりを乱しつつ汚《けが》されてゆく紫陽花いくつ

少年は抱きしむるもの持たざれば夕陽に縁どらるるその四肢

くちびるを痛みくるまで噛みしめて十代といふ淋《さみ》しがりやの

さみどりの湯にひたさるる夕暮れの肉体は持つかすかな浮力

夜の耳ははやアダージョを追ひながら眼は蜂起する首都の画像を

夏至の夜のコルトレーンを聴くことが僕らの檸檬革命である

いつだつて飲めばさみしくなるくせの胃の漆黒にカティーサークを

かがやける夏が痛みとなるまでに我《あ》を殴《う》つ暗き権威よきみは

遠き夏の歌

遠き夏、はてなむとする美麗種のふるへる翅《はね》をつつむパラフィン

薔薇いろの液　後背にそそぐ午後かすかにかすれゆけるわが声

蛾の翅《はね》のふるへやみゆくまでを見つ　死はぢんぢんと真夏のめまひ

甲殻のうちにひろがる暗き洞、そをくらみつつ展《ひら》きゐし日よ

鱗粉によごれたる掌《て》をかざすときわがものとして昏るる地平は

淡彩の翅《はね》かずかぎりなく並ぶ標本箱のなかの秩序よ

樟脳はほのかにかをりうす青き玻璃ごしに陽は屍《し》を照らしをり

死はつねにわが掌《て》のうちにありと思ふ少年の夏 memento mori！

風を編む

こんこんと晩夏の光まきあげてハードルを跳ぶ少女しろがね

ブラマンク的にゆがめる樹々の下するどき風を編む人きみは

目つむりて夜の鞦韆に揺られをり　つま先は死に没《い》りゆく速さ

フーコーとガタリのはつかなる差異は夜半びしよ濡れのボブとソバージュ

カネゴンの繭みたいつてささやいて火照りゐる夜に沈みゆきたり

台風の舌、内海を覆ふ頃あへぎつつ反る列島あはれ

口語的青春にわが遠ければあけぼの荒きみづの奔りよ

王権の秋

あきつしま擬制国家の五限目に少女がたまごを落とす教室

雨多き秋、眼に視えぬ王権を戴くあたり禁忌うごめく

帝制のあるいは彼も贄《にへ》として病みゆくひとりならむ　秋霖

ものぐらき非戦のときを越え熟るる鶏卵大の膵腫大あはれ

寝不足のやうな目をして口ごもるちよつぴりシャイな陛下、大好き

かちいろの虚辞と呼ぶべき帝制とうすにびいろの王の孤独と

王権をシステムとして生かしめし官僚的知の樹林さざめく

プリンスについて僕らは語らうよ　プディング喉につまらせながら

冬木へとむかふ一樹の形象を来む大帝の訃ともおもひき

いんいんと迫る昭和の終焉にわが目ひらきて水飲むところ

薄明の水

やすらはぬ日の往還に見しものをただ薄明の水と呼びゐき

あけがたのみぎはの雨に濡れながら反る脊梁のごとき橋越ゆ

あけぼののわたつみに朱をたらしたる火曜の神の配剤あはれ

肉体は弩《いしゆみ》なして耐ふれどもまた労働に癒やさるるべく

宦といふやはらかき穹を思《も》ふときにするどく爪を研ぎあげてゐつ

週末のかげらふ視野に枝は見え是非なく立たされてゐる樹々は

綿毛とぶゆふぐれ母の呼ぶごときジェルソミーナといふやさしき名

飯はみてはつか癒えたる寂寥は瞑目の時によみがへりをり

憂愁におもむくのみの日常をある日は黄金《きん》にたぐへて思《も》ひき

応へなきゆゑ

さむざむと軍略眠る半球のゆきどけ(detente)といふ喩をさびしめり

冬森のしづけさに声あぐれども誰《た》に聴かしむるこゑにあらなく

らあらあとわが声徹りゆく森よ　応《いら》へなきゆゑ癒ゆるこころは

体内に海抱くことのさびしさのたとへばランゲルハンス島といふ島

父よ父、未明をぐらき湯殿にてししむらを打つその音聞こゆ

紺瑠璃の寂寥のはて死はあらむうつしみは柚嚙みつつをれど

Ⅲ

（1985〜1986）

陽だまりの木椅子

港湾の見ゆる窓辺の一年をまぶしさゆゑに近づかざりき

ゆるやかに或る表情は崩れゆき君ははるかなまなざしとなる

汝が内を流るる水脈に触れむとし触れむとしつつ眼閉《まなこ》ぢゐる

陽だまりの木椅子に待たれゐることも安らぎとして通ひつめしか

雑踏にまぎれ消えゆく君の背をわが早春の遠景として

映画ののち無口になりたる君のあとを影踏みをするごとく歩みぬ

ビバルディー淡く流るる書店出て泉のごとくきざす疲れは

車窓

他者論に惑溺したるひとときの車窓の雨はななめに走る

集団にたばねられゆく心地よさ口をぬぐひて足投げだして

オルグとふ言はばわびしき略語にもこころ寄せつつ群れ集ひたる

Sein zum Tode しづかに朝は来てまたうすあをき卵を穿《うが》つ

安息の日はオリーヴの湯に沈むはなやぐ生を午後に継ぐべく

泣きながら青麦の道駆けぬけし日を歳月の蜜といはねど

助手席

中世史はげしく閉ぢて立ちあがる　地に夏雲の影の迅さよ

風向きのひと日乱れしゆふぐれに会はむとしつつこころ装ふ

助手席に花束を置き会ひにゆくひと日の傷を縫ひあはすべく

外ははや紫陽花の闇びしびしとししむら鳴らし夜半を越えゆく

乳頭を押さふればまた兆しくるたかぶりは何甘くわびしく

わがうちにまなざし暗き司祭ゐてすたれゆきたるものを見つむる

けがれつつなほあきらけき労働の明日あることを思《も》ひて眠らむ

街路樹の影

切なしと言はばこころは和《な》ぎゆかむふりむくごとに海見ゆる坂

陽に徹る耳見せながら署名するかの厳しさをふかく愛しき

かなしみの熟れゆくさまを君に見つ街路樹わたる風の向かうの

街路樹の影ふかみゆく真昼まであやしく性を思ひつめをり

衰ふる陽ざしの街を歩みきて汝が影にわが影を重ねつ

あいまいに君への思ひ冷めゆく日群青ふかき海を見にゆく

見えぬ或るもの

青春はたとへば流れ解散のごときわびしさ杯をかかげて

かたくなに個を守れよと説きながらもはや眸《まみ》には見えぬ或るもの

竹群はつやめく闇に沈みつつなほ内ふかく闇を湛ふる

プリンスがフォーカスさるる世の秋を酔ひふかむまで讃へまつりき

憎しみを力となして生きし日のくらむ眸《まみ》にて語るカフカを

号泣をせむため階を駆けのぼる触るるがごとき闇こそは慰藉

かもめかもめ風に吹かれてさつさつとおのが翳りを打ちて羽ばたく

たちまちに君はミラーに遠ざかるバラッドを聴くしづけさにゐて

ゆるやかに君のめぐりを流れゐる時を愛しき遠く息づき

夏の物象

恥《やさ》しさよ　それを君にも告げたくて書きては送る海のメタファー

血のにじむ指を嚙み思ふたまきはる命のかなた海といふもの

真夜中の渇きに林檎を喰みをればみなぎらふあの夏の物象

つたなかる愛語をいへば耳底《みなぞこ》に遠き響きの潮騒きこゆ

黒髪のそのしめやかなうなじにて真紀よわが身をしづもらしめよ

蒼める刃、そして流氷　凍てるもの冴えとほるものに惹かれゆく vie

蒼白の火群《ほむら》まぶたのうちに立ち黙しとほしし日を終へむとす

わかものは油たたふる卵殻のごとく危ふく暗き胸もつ

群なすを憎みて苦き煙草かむ俺はひとりであるゆゑに俺

咲く花はむしろ滅びを匂はしめわが後背に満ちきはまりぬ

あぢさゐの翳りに頬を埋めつつ思ふ　若さは非望のうたげ

わが声の届かぬきはみに立つものよ　その光彩に羊雲満つる

……また夏は葉裏のそよぎ　逆光の君の肩から風を見た午後

まなざしはただ遥かなれ　ゆく夏のかげりを胸に沈めむために

さらば夏、その韻律は甘やかにわれらを巡りめぐりたそがれ

潮風に髪かきあぐる汝が癖をネガのごとくに焼きつけしのみ

アウレリウス・アウグスティヌス生涯にひとたびの自慰おこなひしこと

旋律にまぎれこころは雪崩れたり明日へあをめる時のはざまへ

晒《さら》さるる今日　なめさるる明日　闇にみちあふれゆく器は置かれ

濃霧へと続くレールをまたぐとき揺らぎつつわが思ひは北へ

雨をつき走るラガーよ　静寂はその背後から追ひかけてくる

ゆふぐれの暮れの速さを追ひぬいてペダルを踏みき翼持たねば

暁闇にむかひ鉛の芯を研ぐ　たとへば愛としたたれるまで

しづやかに頰打つ雪となりぬればここを異郷の冬とし思へ

紆余のなき履歴と君はよぶだらう　こごえる声でこの年月を

解説　大辻君の歌集に寄す

岡井　隆

大辻君のことをなんと呼べばいいのか、わたしの門下生なのか、若い友人なのか、ライバルなのか、なかなかに迷うのである。これは、かつて加藤治郎の歌集に解説を書いた時にも、佐久間章孔歌集に言葉を添えた時にも感じた。『保弓留海豚《ホテル・ドルフイン》』の男性諸氏に言及した時にも感じていた。

女性の場合にも、同じことは起きても不思議はないのに、それが生じない。どうしてだろう。わたしが男だから、同性に対して身がまえてしまうのだろうか。大辻君の若さを、うらやましく思うほど、幸福な青春期を送って来なかったわたしは、若さに敬意をおぼえているとは思えないし、――大辻君の歌集のゲラを前にして、なんだか、考え込んでしまう。これは、実に清潔な感じのする歌集である。この清潔さは、ちょうど人工的につくった無菌室の清らかさのように、わたしにはわかりにくいのである。わかりにくいから、好奇心をかき立てられもするのだが。

大辻君の「後記」を読んで、感心した。自分のことをずい分客観的にみている。短歌観が保守的だ、といっているのも、掛値なしにうけとっていいように思った。

もちろん「ゼフュロス——春の風」などを読んだ読者は、大辻君が、現代の短歌風俗の尖端をたくみにこなしてうたっているのをみるだろう。なにが保守的なものか、と言う人もあるかも知れない。

でも、それは大辻君の作品の表層の部分、ほんの意匠なのかも知れない。

夕ぐれの我《あ》に流露せるかなしみといはばいふべく弥生あは雪
校庭に倒れたままの自転車をはつかに濡らす夜のあは雪

こういうのは、いかにも古典調である。

反論をさくらめーるで届け来る魚座生まれのアバウトな奴
雪の夜に食べる動物ビスケット　やる気もなんにもないんだ今夜

これらは、いわゆるライト・ヴァース調。大辻君はどちらも使えるのである。かといって、妙に器用すぎる感じもしない。適当に重い情念の底流を思わせもする。

トーキョーが俺の短歌をばかにする　春夜ゆゑなき憤りはや

「ゆゑなき」と知っているところに注目してよみたい。

日曜をつぶして書きし文章の完膚なきまでたたかれあはれ

そういえば、いつだったか山田富士郎や中村厚たちと、大辻君とが、論争風のやりとりをしていた。近田順子とか佐久間章孔とか、大辻君を、適宜、ちくちくと刺す女蜂、男蜂も、わたしの周辺には少なくない。むきになって言い合っている時のかれらは、絵になっている。大辻君は、みるみるうちに論客にまで成長し、今や、そこでみがいた劔を、わたしにまで向けてくる。諍いは、どうか、まず若者同士でやっていただきたいと言いたくなるほどだ。

疾風にみどりみだるれ若き日はやすらかに過ぐ思ひゐしより

わたしはこの一首を現代の青春歌の代表的な一つに算えたいと思った。大辻君は三十にまだ到達していない青年だし、わたしとは一世代以上年齢がちがう。それなのに、この人の歌には、かれの青春と同時に、一世代以上前のわたしの青春も映っているような気がして心いたむのだ。

朝の樹にきらめき返す水の襞　うつむいたまま夏が終るよ

昨年秋だったたか、永末恵子さんたちの肝いりで神戸で開いた現代歌合せの会の時、この歌を論じ合った記憶がある。すみやかに時は流れる。「うつむいたまま夏が終る」のは、それが夏の属性だから仕方がない。こうして一年ののち、大辻君の歌集の中にこの一首を見出す。かなり、いろいろな接点をもって、大辻君の活動をみて来たのだな、という思いがつよくして来る。

大辻君は「後記」に書いているように、中日新聞の中日歌壇（週一回掲載。そのころは日曜日だった）に投稿して来たのを見たのが、わたしと知り合ったはじめであった。この投稿欄からは、いくたりか毛色のかわった人が出た。故人だが、木俣叡もそうである。「音」の新進小塩卓哉もそうだし、いま小塩君を中心に、大辻君の妹さん（夕夏さん）や儀光明男などがやっている「まあじなる」という詩歌同人誌も、つまりは、この歌壇出身の仲間の雑誌（詩人はちがうが）のように思ってみている。大辻君のその頃の歌は「夏の物象」にまとめられているという。今、読んでみると、未熟な感じがない。はじめから、端正な作品である。むしろ、形のととのいすぎている分、青年の内面の表現には、不足しているように思える。しかし、その後の大辻君の短歌を支えたのは、初期から身につけていた定型詩の基本的な技術だったのである。

さきにも言ったように、大辻君は、かなり激しく、ラジカルな言辞をとばしながら、わたしを批判することがある。わたしは、自分では、かれらに答えることができるとは思わないのだが、こと短歌作りについては、まだなにごとかを応答できるようにも思う。今年は大辻君をはじめ、わが若き友人たちの歌集がたくさん出る年である。当分は、この歌集をめぐって、老若男女のあいだの、陽気な応酬がつづくだろう。わたしは、それらの声の中から大辻君の次の歩みがふみ出されるだろうことを信じている。

一九八九年八月信州松本にて

後記

僕の短歌観は保守的だと思う。名詞よりは助詞・助動詞、意味よりは調べ、暗喩よりは直喩、物語よりはリアリティ……そういったものに僕は惹かれる。もちろん、同世代作家たちのアップ・トゥ・デイトな試みや、前衛短歌が開拓した「方法」に魅力を感じない訳ではない。否、それは僕の短歌にはっきりとした影響を与えている。しかし、今こうして、自分の歌をまとめてみると、自分を短歌に惹きつけて来たものは、実は、もっとプリミティブな安らかさであったことが分かる。ひとつの制度の中に組み込まれるという安心感、と言い換えてもいい。韻律の背後に、自分に似た一人の人物が立ち現われてくる……そういった短歌の叙情の枠組に、僕は慰められて来た。

ただ、僕は、このような短歌の慰藉機能に溺れたくはない。自分を癒やしてくれる短歌の機能に対して、常に自覚的であろう、と思う。短歌の持つ「私《わたくし》」性、あるいは様式性を批判的な形で自らの内にとり込み、短歌的な叙情を内在的な形で改革・深化させてゆく。今、短歌に必要なのは、無制約な叙情の拡大ではなく、一見保守的に見えるような、地味な探求なのではないか。短歌という詩型が持つ諸制約を逆手に取って、叙情を深化させる。その余地はまだ残されているのではないか、と思う。この歌集が、そんな可能性をわずかでも示し得ているとしたら、嬉しい。

短歌を自覚的に作りはじめた一九八五年以降の作品を制作した年ごとに分けた。年齢でいえば二十四歳から二十八歳までの四年間にあたる。Ⅰは八八年、Ⅱは八七年の作品である。Ⅲは八五年から八六年の作品であるが、その中でも八五年に作った歌は、初期歌篇という思いもこめて、巻末の「夏の物象」の中におさめてある。歌集の題名『水廊』は、いわば造語であるが、何となく、自分の叙情質を表わしているような気がして、つけた。

この時期、僕はたくさんの人々と出会った。中日歌壇に投稿していた頃からずっと静かに見守って下さった岡井隆先生。「未来」「ゆにぞん」のみなさん。中の会や中京短歌会の仲間たち。校正の労を取っていただいた小塩卓哉氏。美しい歌集をまとめて下さった田村雅之氏、倉本修氏。僕を支えてくれた数多くの人々に心からお礼を申し上げたい。

自分の二十代が終るのだな、僕は今、そんな感傷を味わっている。二十代後半という生ぬるい時代を、うつむきがちに歩いてきた自分の姿が、一冊にまとまった。

恥かしいが、今はそのことを素直に喜ぼうと思う。

一九八九年七月

解説

山吹明日香

明るくてどこか寂しい。大辻さんの歌の魅力を言い表そうとすると、なぜか平板な表現になってしまう。なだらかな韻律と言ってしまうと、そこから多くのものが抜け落ちてゆく。繊細で豊かなリズムと言うのでも物足りない。流れゆく澄んだ水のような、とか、深い呼吸のような、などと喩えるほうが、まだしっくりする。繰り返し詠われるのは、ひかりと水、樹、決して格好良くはないけれど存在感のある父親、東京への屈折した思いなどだ。そこにほのかなエロスが加わって、大辻さんの歌の世界となる。

大辻さんの第一歌集『水廊』で私が偏愛する歌は数々ある。巻頭の「冬のみぎは」など、いつ読み返しても、ああ、いいなあと思う。けれども、真っ先に覚えた歌は、実は次の二首なのだった。

指からめあふとき風の谿《たに》は見ゆ　ひざのちからを抜いてごらんよ

反論をさくらめーるで届け来る魚座生まれのアバウトな奴

一首目の魅力は、何と言ってもこの軽快さにある。「風の谿」の無限の広がりが見える。それは別に実景でなくてもかまわない。一緒に飛び込もうといざなうように、下句は優しくささやかれる。二首目は言葉の組み合わせが絶妙だ。「奴」は仲間で同時にライバルでもある。「アバウトな」と言われているが、やっていることを見ると案外律儀な人ではと思ったりもする。どちらも紛れもなく青春歌だ。痛みや劣等感や格好悪さや、全部含んだ上での青春歌が、『水廊』にはちりばめられている。それはそれでいいなあと思うのだが、個人的に好きなのはこんな歌だ。

疾風にみどりみだるれ若き日はやすらかに過ぐ思ひゐしより
かなたよりスカボロー・フェア聞こえ来つ　やさしい人と呼ばるる夕べ
やがてわが街をぬらさむ夜の雨を受話器の底の声は告げゐる

一首目の「みだるれ」は緑の活用形のように響く。作者はまだ完全には「若き日」を、疾風怒濤の時代を脱してはいない。それでいて、ふとこんな風に言ってみる瞬間があったのだった。「思ひゐしより」に微妙な陰翳がにじむ。二首目、「やさしい人」は、女性の語彙では決して愛する人ではない。スカボロー・フェアの甘い旋律に、ほろ苦さが重ねられた一首である。三首目、受話器の向こうでは雨が降っている。どのくらい離れたところなのだろう。電話の中の距離は近くて遠い。雨のことより、もっと聞きたいことがあるのにというもどかしさも感じられる。受話器を通して、雨音が聞こえてくるような錯覚を覚えた。

もう何首か見てみようか。

幹つたふ樹液はひかり曳くゆゑに樹のかなしみはひとの悲しみ
芽ぶかむとする内圧に耐へをれば樹々はたたずむ女《ひと》のごとしも
竹群はつやめく闇に沈みつつなほ内ふかく闇を湛ふる

樹を包むひかりは樹液をきらめかせ、「ひかり曳く」かのように見せる。ひかりのただなかにあって、樹のかなしみとひとの悲しみは響き合う。甘さの混じる悲しみだ。次の歌では、上句は作者自身のことではないのかと思わせるが、それが一転して樹の描写となり、女の人に喩えられる。具体的に誰ということはない。ただほのかな憧れの対象のような存在だ。三首目、作者の目は竹の中の闇を透視する。

「つやめく闇」の中にあることで、竹の中の闇は一層重さを増す。
ここで、巻頭の一連「冬のみぎは」を見てみよう。最初の三首を引いてみる。

港湾のゆらめきやまぬかがやきに鳥落つるまでたたずむひとり
癒えゆくにあらねど冬のひかり降る埠頭にこころあそばせてゐつ
点描の絵画のなかに立つごとく海のひかりに照らされてをり

ひかりはあるが、その眩さゆえに色のない一首目。「たたずむひとり」と自分を突き放して見ているが、ナルシシズムの甘さもほのかに感じられる。二首目、「癒えゆくにあらねど」と言いながら、若い魂はいつまでも傷付いたままではいない。喪失から回復へ、心はすでに動き始めている。「冬のひかり」は冷たくてまぶしい。三首目は、例えばスーラの描いた一枚、すべての色が嵌め込まれているような画を思う。「海のひかり」と言うとき、そこに見えるのは反射光ではなく、海自身の生み出したひかりとなる。三首だけ見てみたが、この一連には、すでに大辻さんの調べがはっきり見てとれる。

僕の短歌観は保守的だと思う。名詞よりは助詞・助動詞、意味よりは調べ、暗喩よりは直喩、物語よりはリアリティ……そういったものに僕は惹かれる。

『水廊』後記に、大辻さんはこう書いている。これはいつ書いたのだろう、と思わずくらっとしてしまうのは、普段の歌会の場で言っていることと根本は変わらないからで。続く第二歌集『ルーノ』での試行錯誤を経て、第三歌集『抱擁韻』のあの言挙げ、「短歌的文体に殉じたい。」は成されることとなる。が、それはまだ先の話。ライト・ヴァースの時代にこのような後記を付けたことは、一種の敗北宣言だったのだと今にして思う。迷ってもいい、このまま進んでいけばいいんだよと、かつての大辻青年に言ってあげられたら。そんなこともふっと思ってしまうのが、第一歌集の魅力なのだ。

大辻隆弘略年譜

昭和三十五年（一九六〇）
八月二十四日深夜、父・英敏、母・益美の長男として伊勢神宮に通じる参宮街道沿いの松阪市稲木町に生まれる。戸籍上の誕生日は二十五日。二千四百グラムの未熟児であった。父・英敏は、旧姓樋口、当時二十七歳三重県の養蚕技術指導員であった。母・益美は三姉妹の長女であり、当時二十一歳、松阪市立保育所の保母をしていた。英敏は婿養子であった。両親共働きのため、主に祖母かつの手によって育てられた。家族七人の大家族だった。

昭和三十八年（一九六三）　3歳
妹が生まれたが、死産であった。父に連れられて産院のベットに寝かされている妹の遺体を見た。

昭和四十年（一九六五）　5歳
四月、松阪市立漕代幼稚園に入園。同級生の男子とともにそうとうな腕白でまわりの人を困らせたらしい。七月、妹・夕夏が生まれる。

昭和四十二年（一九六七）　7歳
松阪市立漕代小学校に入学。農村地帯にある一学年一クラスの小さな学校だった。小学校の前半を通して、多動で腕白だった。教室をふいに飛び出して、校庭でひとり遊んだりした。

昭和四十六年（一九七一）　11歳
小学五年生。ソフトボールクラブに入る。担任の先生に毎日日記を書いて添削を受けていた。文章を書く楽しさを学んだ。児童会会長になる。

昭和四十八年（一九七三）　13歳
四月、松阪市立飯野中学校（現・東部中学校）に入学。野球部に所属。小さな学校だったので、季節ごとに陸上、駅伝、サッカー、ブラスバンド、合唱などにかり出され、さまざまな体験ができた。二年時から生徒会長をした。フォークソングブームの影響で、ギターを練習して井上陽水などの曲やオリジナルの曲を歌っていた。檀一雄や太宰治を文庫本で読んで文学に目覚めた。

昭和五十一年（一九七六）　16歳

四月、三重県立松阪高等学校に入学。野球部に所属。入学直後から数学が分らなくなり、授業一般に対する意欲を失った。モダンジャズを聴き始め、渡辺貞夫やジョン・コルトレーンなどモダンジャズにはまる。廉価版のジャズのレコードばかり買っていた。

昭和五十二年（一九七七）　17歳

高二。理数系を中心に学業は不振をきわめる。現代国語と倫理の授業だけが楽しかった。山本憲吉の「現代俳句」を読んで感動。野球部員が少なかったので、下手ながらライトを守り、七番バッターとして活動する。冬、必死で練習した。

昭和五十三年（一九七八）　18歳

六月、最後の夏の大会を前にした練習試合で、右脚を複雑骨折。あえなく野球生活が終る。俳句に熱中して「高三コース」（岡本眸選）の俳壇に投稿、何度か入賞した。文学部を目指して勉強する。はやく東京に出て、大学生になってサックスを吹きたいと思った。

昭和五十四年（一九七九）　19歳

四月、東京に出る夢は破れ、龍谷大学文学部哲学科に入学。軽音楽部に所属しアルトサックスを吹く。大学時代四年間を通じてモダンジャズのバンド活動に熱中した。

昭和五十六年（一九八一）　21歳

大学三年、ハイデッガー『存在と時間』の講義を聴き、はじめて主体的に哲学を勉強したいと感じた。

昭和五十八年（一九八三）　23歳

四月、龍谷大学大学院文学研究科（哲学専攻）の修士課程に進む。専門は現象学とハイデッガーの前期思想だった。将来の職のために国語の教職課程を取り、受験勉強のつもりできいていた教育テレビの「歌への招待」という番組で現代短歌と出会う。

昭和六十年（一九八五）　25歳
三月、大学院を修了。その直前から短歌に熱中し、毎週「中日歌壇」に投稿、岡井隆の選を受ける。四月、三重県の高校国語教諭に採用され、三重県立四日市南高等学校に赴任。六月、豊橋でひらかれた「ゆにぞんのつどい」に初めて参加。そこで知り合った投稿仲間と「自治領」（ドミニオン）という同人誌を作った。小塩卓哉・加藤聡明・山川晃史らがメンバーだった。

昭和六十一年（一九八六）　26歳
一月、未来短歌会に入会。岡井隆選歌欄に所属する。岡井隆選歌欄のメンバー中心の結社内同人誌「ゆにぞん」や、名古屋の超結社歌人集団・中の会、中京大学の中京短歌会などの活動に参加する。

昭和六十二年（一九八七）　27歳
六月、ゆにぞんと中の会合同でひらかれた「短歌フェスティバルin豊橋」に参加。俵万智、加藤治郎、大塚寅彦、穂村弘、荻原裕幸ら若手歌人とともにパネルディスカッションに参加する。一言もしゃべれなかった。

昭和六十三年（一九八八）　28歳
四月、三重県立飯南高等学校に転勤。

平成元年（一九八九）　29歳
九月、第一歌集『水廊』を砂子屋書房から出版。

平成二年（一九九〇）　30歳
一月、八十九年度未来年間賞を受賞。三月、三重県文学新人賞を受賞。谷岡亜紀、加藤孝男、小塩卓哉らと短歌評論誌「ノベンタ」を創刊する。十月、中の会主催「フェスタ・イン・ナゴヤ」にパネリストとして参加。

平成三年（一九九一）　31歳
三月、杉野由美子と結婚。生家から市街地の松阪市白粉町に移り住む。大塚寅彦が中心となった研究会「木馬セッション」に継続的に参加。

平成四年（一九九二）　32歳
一月、九十一年度未来エッセイ賞を「定型という名の装置」によって受賞。四月、長女さなみが生まれる。

平成五年（一九九三）　33歳
五月、京都で岡井隆を中心とした「荒神橋歌会」に参加、以後七年間ほぼ休むことなく歌会に参加する。七月、加藤治郎が中心となった研究会「ドリームアカデミー」に参加。九月、第二歌集『ルーノ』を砂子屋書房より出版。

平成六年（一九九四）　34歳
四月、三重県立津高等学校に転勤。以後、演劇部顧問として演劇の制作に携わる。

平成七年（一九九五）　35歳
四月、長男俊が生まれる。それにともなって、松阪市稲木町の生家に帰る。十月、名古屋で岡井隆が中心となる「東桜歌会」が発足、以後ほぼ休むことなく歌会に参加する。未来編集委員、現代歌人集会理事（任期二年）となる。

平成八年（一九九六）　36歳
四月、評論集『子規への溯行』を砂子屋書房より出版、ＢＳ短歌会・白河歌会に参加。十月ＢＳ短歌会・大宰府歌会に参加。

平成九年（一九九七）　37歳
三月、三重県文化奨励賞（文学）受賞。十一月、ＢＳ短歌会・松阪歌会に参加。加藤治郎が中心となったインターネット上の歌人会議「現代歌人会議」に参加する。

平成十年（一九九八）　38歳
一月、第三歌集『抱擁韻』を砂子屋書房から出版。現代歌人協会会員となる。十二月、『抱擁韻』により第二十四回現代歌人集会賞を受賞。

平成十一年（一九九九）　39歳
二月、九十八年度未来エッセイ賞を「呪われたみやこびと」によって受賞。六月より「未来」の時評を担当、以後約四年半の長期連載となる。八月、小林久美子編集の同人誌「レ・パピエ・シアン」に入会する。大阪で行われている岡井隆を中心とした「淀川歌会」に参加するようになる。

平成十二年（二〇〇〇）　40歳

七月、前年末に終了した「荒神橋歌会」を引き継ぐ形で「左岸の会」が発足、ひきつづきこの歌会に参加する。十月、熊本で行われた「現代短歌シンポジウム」に参加。

平成十三年（二〇〇一）　41歳

二月、二〇〇〇年度未来エッセイ賞を「時評」により受賞。九・一一テロへの対応をめぐって石井辰彦・中沢直人・黒瀬珂瀾らと論争をする。

平成十四年（二〇〇二）　42歳

四月、三重県立昴学園高等学校に転勤。八月、第四歌集『デプス』を砂子屋書房から出版。

平成十五年（二〇〇三）　43歳

三月、三銀ふるさと文化賞受賞。五月、『デプス』により第八回寺山修司短歌賞を受賞。また同歌集が日本歌人クラブ東海地区優良歌集に選定される。日本文藝家協会会員となる。十二月、現代短歌文庫48『大辻隆弘歌集』（砂子屋書房）出版。

平成十六年（二〇〇四）　44歳

四月、セレクション歌人9『大辻隆弘集』（邑書林）出版。

平成十七年（二〇〇五）　45歳

十月、BS短歌スペシャル・別府歌会に参加。秋、「左岸の会」を引き継いだ「神楽岡歌会」に参加する。

平成十八年（二〇〇六）　46歳

四月、母校である三重県立松阪高等学校に転勤。「日本農業新聞」読者文芸短歌欄の選者となる。六月、青磁社のホームページ上に「週刊時評」欄が開設され、吉川宏志とともに連載を開始する。十一月、同欄において小高賢と「社会詠論争」が起こる。

平成十九年（二〇〇七）　47歳

二月、京都で行われた青磁社主催のシンポジウム「いま、社会詠は」に吉川宏志・小高賢らとともに参加。七月、第五歌集『夏空彦』を砂子屋書房から、第六歌集『兄国』（新現代歌人叢書53）を短歌新聞社から出版。八月、評伝『岡井隆と初期未来』を六花書林から出版。九月、前年二月のシンポジウムの記録集『いま、社会詠は』が青磁社から出版される。十月、ＢＳ「列島縦断短歌スペシャル」門司歌会に出演。

平成二十年（二〇〇八）　48歳

九月、時評集『時の基底』を六花書林から出版。

平成二十一年（二〇〇九）　49歳

二月、評論集『アララギの脊梁』を青磁社から出版。四月、第十八回梨郷賞（中部日本歌人会最高賞）を受賞。八月、時評集『対峙と対話』（吉川宏志と共著）を青磁社から出版。十一月、祖母・かつ逝去（95歳）。

平成二十二年（二〇一〇）　50歳

二月、「未来」選者に就任。みずからの選歌欄を「夏韻集」と名づける。五月、『アララギの脊梁』で第八回日本歌人クラブ評論賞を受賞。六月、三重県歌人クラブ委員長に就任。八月、『アララギの脊梁』で第十二回島木赤彦文学賞を受賞。十月、ＢＳ「ニッポン全国・短歌日和」に出演。

平成二十三年（二〇一一）　51歳

四月、皇學館大學現代社会学部非常勤講師に就任（高校教諭と兼任）。

平成二十四年（二〇一二）　52歳

一月、第七歌集『汀暮抄』（シリーズ現代三十六歌仙8）を砂子屋書房より出版。現代歌人集会理事長に就任。

平成二十五年（二〇一三）　53歳

一月、『水廊』が第一歌集文庫（現代短歌社）に入集。

平成二十六年（二〇一四）　54歳

四月、三重県立津西高等学校に転勤。

平成二十七年（二〇一五）　55歳

十一月、評論集『近代短歌の範型』を六花書林から出版。

平成二十八年（二〇一六）　56歳

十月、『近代短歌の範型』で第三回佐藤佐太郎短歌賞を受賞。

平成二十九年（二〇一七）　57歳
三月、第八歌集『景徳鎮』を砂子屋書房から出版。講演集『子規から相良宏まで』を青磁社から出版。十月、評論集『新版　子規への溯行』（現代短歌社選書）を出版。

平成三十年（二〇一八）　58歳
三月、『景徳鎮』で第二十九回齋藤茂吉短歌文学賞を受賞。六月、現代歌人集会理事長を退任。十二月、『佐藤佐太郎』（コレクション日本歌人選71）を笠間書院から出版。

平成三十一・令和元年（二〇一九）　59歳
四月よりNHK‐Eテレ「NHK短歌」二〇一九年度選者。

令和二年（二〇二〇）　60歳
七月、一般社団法人未来短歌会理事長・「未来」編集発行人に就任。

令和三年（二〇二一）　61歳
三月、三重県立高等学校教諭を定年退職。

令和四年（二〇二二）　62歳
六月、第九歌集『樟の窓』をふらんす堂から出版。

令和五年（二〇二三）　63歳
四月、『樟の窓』で第十五回小野市詩歌文学賞を受賞。七月、宮中歌会始選者に就任。

（文中敬称略）

現住所
〒五一五―〇二一二
三重県松阪市稲木町一一六三―三

本書は平成元年、砂子屋書房より刊行された。

GENDAI
TANKASHA

歌集　水廊　〈第一歌集文庫〉

平成二十五年一月六日　初版発行
令和五年八月二十五日　第二版発行

著　者　大辻隆弘
発行人　真野　少
発行所　〒六〇四―八二一二
京都市中京区六角町三五七―四
三本木書院内
電話　〇七五―二五六―八八七二
装　訂　かじたにデザイン
印　刷　創栄図書印刷
定価八八〇円（税込）
ISBN978-4-86534-432-5 C0192 ¥800E